小松川叙景

KEEP OUT
立入禁止

KEEP
立入禁止

小松川叙景

小林坩堝
Kanka Kobayashi

共和国

HOMEBODY

あかるい雑踏で
あしたの日記を燃やす
——おれを歴史にしてくれるなよ
肉のにおいがした
わたしは絶叫しかけて
だが声は声として言葉にならず
感嘆符は恥じらいの裡に自滅する

*

誰かが撒いたパン屑をつつきながら
脚のないハトが人間たちを視ている
狭い鳩舎でかれらは殺し合いをするという

平和を背負わされた身体が血にまみれ
同族の亡骸を横に安寧を得る
——おれを歴史にしてくれるなよ
まるで生そのものの美しいさみしさ

*

すれ違って往来
人びとは路上に引きこもる
災禍
が不可視の分断を白日のもとにさらし
そのときわたしたちは出会う
繋いだ手のぬくもりこそHOMEだが

振り切る瞬間までわたしたちは気付かない
——おれを歴史にしてくれるなよ
誰にも会わない為めに
誰にも発見されない為めに
風吹く野ざらしの密室
わたしたちはここに来たのではなかったか
愛に似た血まみれのさよなら
あらかじめ行き倒れているあした目掛けて
進む無数の足音に
おのが歩みを重ねながら
徹底的に孤立しろ
あとのまつりでひとり踊れ
手遅れであることを希望として

その身ひとつで
ただ踊れ

——わたくしからわれわれを回復する為めに

五月

やがて虚無《かれら》が来て
夜が来て
公園に人影はなく
未来の墓標としてにぎやかな巨大団地
の窓、まど……

＊

都市を分断する川によって
匿われているかの如くにこの土地は
孤立している
ここでは誰もが窮さず在ることになってしまう
一号棟十四階から飛び降りた

誰《かれ》かでさえも

*

埋め立てられた汚染物質《われわれ》がアスファルトに滲み出している
いま・ここ
重化学工業の夢の跡地に
風の音だけがひたすら烈しい

六月

寝室から自らを締め出すみたいに
ガラス戸をぴっちりと引いた
住んでいながら異邦のこの地には
居場所がありすぎるからわたしは分裂する
明けきらぬ朝
ずたずたの人称を照らすひかり
が乱視眼に映える
川面に白波が立つ
破れたビニールシートが翻る
ひしゃげた紙ヒコーキが道を転がる
視えないものが暴れまわっている
聴こえない声が叫びまくっている
どんな悲喜も追いつかない

先端だらけの速度
――突っ立ってある鉄骨鉄筋コンクリート

新聞配達のバイクが
よろめきながら橋を渡り来て

ベランダの手摺を握れば冷たい

七月

声帯を切除された白猫が
ケージのなかからこちらを見ていた
転居の挨拶に笑ってこたえた主人の後ろ
どうですか　ここは好いところでしょう
わたしの部屋のまえで死んでいる蟬
のひしゃげた翅
音もなく踏み潰した革靴は黒光りして
最期にはみな最小の単位だ

*

海より低い地上に木々は萌え立ち
南方から渡来した鳥たちがあくびする

沈みきった軟弱地盤を
有害産業廃棄物がかためている
住棟は限りなく深い底まで根を張り
無慈悲な高さを誇った
あまりにも安全なここゼロメートル
短い睡眠の裡に
墜落してゆくリアリズムの夢ゆめ

八月

オーイ　みんな燃えているみたいだな
慎み深い災厄《かれら》をおのが身に宿していることを
みんな知っている　顔のないみんな
恥知らずのおまえの隣人　すまし顔したおまえそのもの
疲れきって疲れの所以を
放ってすっかり忘却した
無人の路上に踊る幻影《われわれ》

土を掘ればたちまちの汚染で
脚が萎えるまで歩いても墓地がない
川を越え電車を乗り継いで辿り着く為めには
黒衣に熱風を浴び
生きながら灼かれなければならない

ミミズみたいに乾涸びて視上げる青空をヒコーキが横切る
ヒコーキが横切る……

アスファルトで覆われたここ
がこのからだそっくりの郊外だ
重化学工業地帯の労働者たちが視なかったほうの夢
が錯乱したわたしの今日だ

九月

からっぽの熱源となり汗を流す正午に
区境の川面が波立っている
釣りびとの麦わら帽子が対岸の草むらにさらわれて
凪は剝き身の疵として無傷だ
舐めた指を一本立てれば気配がある
あした巨きな予報円が列島に重なる
等しくのしかかる気圧は
希望の換言にはなりえないが
暴風《かれ》――
圏内に在って眩暈の裡に目覚め続ける夜
不安は孤独《われわれ》をいやすだろう

糸が不意に緊張する

舌打ち

釣りあげられたビニル袋から
血色の液体がしたたり落ちた
釣りびとの意味にならないひとりごとを聞き
わたしは何故か笑ってしまう
足もとでパン屑をつつくハトらに目を遣りながら
あなたもわたしも　ねえ　こんな暑い日に来なくたって……

NOWHERE

土壌から基準値の三〇〇〇倍を超す濃度の汚染物質が検出されるので公園はすべて丘のかたちをしている。基準値の三〇〇〇倍を超す濃度の汚染物質が検出されるので巨大団地だけがヒトの住処である。基準値の三〇〇〇倍を超す濃度の汚染物質が検出されるのでわたしは清潔な夜を眠ることが出来る。夢はメッキにまみれて次つぎ錆びつき、まったく異形の現実に結ぶ。

川向うからこちらへ電車の走って来る音が聴こえる。微振動する窓の外で朝がはじまってゆくとき、わたしはまだ暗い部屋に座して、川原で拾った石を並べている。ひとつひとつに名前をつけ、接続しえない無数の人生を想う。この部屋は磁場が狂っている。この部屋は時空が混濁している。きちがいのわたしは石を叩き割り、断面から血の流れだすことを期待する。重化学工業地帯の労働者たちが視なかったほうの夢がわたしの錯乱した今日だ。夢を叩き割ることは出来ない。ただ錆びだらけの時間のなかで、わたしはコンクリートで固められた地上を撫ぜている。故知れぬ、否、故を無視したが故の笑いがわたしの断面から溢れ出てやまない。

*

たったひとつの橋が封鎖されている為めに、タクシーは迂回を繰り返し、何処にも辿り着くことが出来ない。約束された地点を見失いながら走ることに走る運動体となり、擦り切れて深夜、出口も入口もない深みへと往く。都市を抜けて焦土へ、焦土から焦土へ……、戻り来てまた焦土、焦土へ……
次に来る時代に自ら苦しめられにゆくようなやり方は旧いと思わないか。などと落書きすれば旧いパースペクティヴがわたしをがんじがらめに――

――おい戦いが来るぞ
――きこえません
――応答は要らない
――きこえません
――おれはペテン師だが嘘は云わない
――

運転手さん、そこじゃないです。

＊

昨晩の残飯を炊飯器抱いて頬張るわたしは生身の幽霊である。新しい今日の犠牲者として自殺した昨日のわたしの残像がはっきりとまだそこここに在る。やわらかく炊けた飯が白い疱瘡のごとくにわたしの顔を汚している。四十年以上ここに暮らした者はない。ここは住む場所ではなかったから。休むことのない破壊と生産の場所であったから。或いは住むことの本懐が破壊と生産にあるにせよ、ここは住む場所ではなかった。嘘っぽい金木犀の香がやけに強い。新たな破壊と生産が訪れ、ヒトばかりが住むようになったこの場所がとうとうわたしの住処となった。わたしは昨日と同じ駅前の段差に足をとられて転ぶ。きわめて計画的な動作。

*

持っていないものを持っていると云った
聴こえない声を信じると云った

「あっ」

窒息す、
る――

土壌から染み出した液体が

わたしの今日を薔薇色に染めあげる
死せる者の時間が
わたしの肉体の内側をめぐる

ベランダの鳥たちが永遠に知れぬ土地へと渡って
往った
ひとつの季節の終わりに
夢
が目覚めている
目覚めた夢が
夢を視はじめる

いま・ここ、

生にまみれた
空隙の
ユートピアで

十月

地下鉄は穴より出でてボディをひからせ
川に架けられた地上駅にすべり込む
特別区をわかつ水の流れを軽やかに横断する
あちらでもこちらでもない
転位の為めの転位

——京王線内で人身事故が発生しました

プラットホームははだかだ
移りゆく季節に主語を見失ったわたし
の素肌に吹きつける寒風《かれら》
冷たさははっきりといまここに在り
そうしてわたしは遅刻する

ケガレよ病んで疾駆しろ
おまえは不可視の真実《われわれ》だから
無数のヒトガタを突き動かし
無数の事故となれ
わたしはおまえを抱きしめたい
この　ありったけの
加害性だけを信じて

十一月

ベランダで息を吸えばすっかり冷たい
ギリギリに突き出した空洞の内部
最終電車のひかりを見送り
不眠の夜を数え上げ
音もなく街は爆ぜていて
わたしの肺が膨らむ
ここには生《かれら》が溢れている

「夢が毀れる音を聞いた」

「風ならずっと吹いているじゃないか」

「いま在る夢のことではない。

　遠くたよりなく確かに燃えていた夢のことだ」

「こうやって傲慢にもおれたちは接吻する。

思い出はいつも裏切りの為めに作られる」

一号棟十四階から飛び降りた誰か《かれ》を弔い
花束が手向けられていた
地上で枯れるのを待つやさしい色彩
を踏んで往く誰か《わたし》がいる
「それがわれわれの夢なのか」

十二月

ここはプルーイット・アイゴーにはなりそうもない
夜の公園に寝そべってもわたし以外闖入者にはなりえない
埋め立てられた勤労の可能性
は地表へ滲出し朝の中継カメラにとらえられ
「無害化対策後も基準値の三〇〇〇倍の六価クロムが……」
哀号!
この肉体は埋められるにも掘られるにも足らず
旧い時代の汚染《われわれ》を思慕してむなしい
これを死なずに棄てる方法があるだろうか
生は復讐になるだろうか
或いはペンなら?
追体験だけを体験として死者《かれ》の生を生きる
ことなど出来はしないのに――

重化学工業地帯の労働者たちが視なかったほうの夢
すなわち盛土された公園の草木
食んでも食んでも繁茂するのだった
加害者であるからこそ当事者なのであり
「こんなに治安の良いところはないですよ」なる現場
われわれを回復する為めにわたしはわたし
を不眠のベランダに締め出す

一月

血縁がわたしから逃走したのか
わたしが血縁から逃走したのか
縁なき者との交感を出会いと呼ぶのなら
出会いに溢れた鉄骨鉄筋コンクリートの密室
窓を震わす風のなかに確かな温度をみとめ
誰の故郷にもなりきれないここをわたし
は住処《ふるさと》として発見した

地区及び地区周辺は、荒川、旧中川、小名木川、堅川が合
流し（中略）このすべての河川が歴史上人工的につくられ
ている　　（平成二一年三月　東京都都市整備局市街地整備部）

肯定される為めに企画された草木だ視えすぎる分断だ

――ああ　なんとたよりない根だろう
枯れることを赦されないいのちの可能性に足をとられ
わたしは狙い通りに転倒してみせる
誰の思い出にも存在しない思い出《われわれ》でいっぱいの場所
あまりに相応しいわたしのここだ
ゆびきりげんまん　血にまみれたおまえをかき抱くかの如くに
しみだらけのアスファルト舗装を呪って愛す

二月

川から川へぬるく渡る気配
雪は降るごとまたたく間に溶け
まぼろしの運搬船
まぼろしの廃液
まぼろしの歯車
どうして人は死に際に笑むことを期待されるのか
「風の広場」と名付けられた高台に
水門の遺構が埋められている
あらゆる営みから切断され

――われわれの飛行は墜落を前提とする
――われわれの言葉は垂直を志向する
――われわれは悲しいほうを選択する

誰のことも守らず誰にも守られないまま
鉄柵で囲われ
営みの芥に煤けた死せる時間のなか
黒々と濡れて生きている

——独りで立って在る為めに

出
入換

パトロール強化路線
みんなでつくろう
安全・安心の道
環境をよくする地区協議会
A
ブロック

NOWHERE

――一階でも床上浸水の可能性は殆どないと思いますよ。どこより長い高規格堤防がありますから。治安の良さも抜群です。新宿まで三十分圏内でこんなに緑の多いところは他にありません。ここが良いと思われたなんて本当にお目が高い。

地下鉄の地上駅を抜け、街灯の消された街を満員電車が走ってゆく。二駅のあいだだけ地上を走る車輛のリズム。クロム鍍滓で固められた地盤が支える橋脚。光の尾が川を渡る。昨日と同じ振動。昨日と同じ暮らしの気配。匿されて却って露わなもろい地層。わたしは錠剤を飲み下し、繰り返し緊急事態を伝えるテレビの電源を切った。窓の外を見やれば、暗闇に突き刺さるように立つ鉄骨鉄筋コンクリート造の住棟が四方に生活の明かりをこぼしている。反転しながら続く居室の同じ間取り。あれは蜂の巣だよ。夕方のニュース番組の取材に応じて、川向うの土手に暮らす老人が巨大団地を指さしそう云っていたのを思い出す。

――この通り公園まですぐの場所です。ご夫婦でお住まいなら、例えばお子さんが出来ても遊び場はたくさん。本当に素敵なお部屋ですよ。

一級遮光のカーテンを引く。帰ることの出来ない生家をダム湖に沈める夢――かつて亡き父祖に連なるその土地に花を手向け、わたしは現住所がそことよく似た平坦さをもつことを思い知った。水没とはおよそ無縁なこの不遜が、それゆえに水を渇望してやまない。シーリングライトを常夜灯に設定し、眠りの浅瀬で、わたしは昨日と同じむなしい復讐をやる。いま・ここ即ち海抜四・四メートルの地表に立つ住棟の寝室。水底に寝転んで涙を流すことは可能だろうか。

——もともと都が買い上げて整備した街ですから、地盤もしっかり改良されています。防災拠点にもなっていてまさに安心安全ですよ。自信をもっておすすめします。

電車から降り立った人びとは公園を目指す。清涼な空気をその肺いっぱいに吸い込んで休日のひとときを楽しむ。ここではマスクを着けなくて良いの？　雨上がりの朝に、基準値の三〇〇〇倍を超す濃度の汚染物質が滲出する。国家だらけの盛土造成地を、子どもらが軽やかに踏みしめて往く。

——ところで一点お尋ねしておきますが、事故物件だとかなりお安くご案内出来ます。自殺は嫌ですよね。孤独死ならどうですか。必ずしっかりリフォームされますし、わたしなら寧ろアリかななんて思うのですが。

修繕計画にしたがい鉄製の玄関扉は濃茶色に塗り直された。修繕計画にしたがい作業員は外側にだけ刷毛を滑らせて次の扉へ向かった。ドアスコープの周囲に、桜色の下地が塗り残されて露出している。高規格堤防のうえ、植樹した子どもらの名が記された木札を下げて、ソメイヨシノが枝を伸ばす。同じ遺伝子をもつ木々は子孫を残すことが出来ない。ヒトの滅亡とともにやって来る絶滅のときまで季節は幾度死んでも繰り返される。

花はそのたび思い出にまみれて咲くことに咲く。みなそのように偽装される。みなそのように修正される。現実より残酷なものなどこの地上には存在していない。黒色の衣服でどれだけ武装しようともおのが肉体と訣別することは出来ない。幾層布で覆っても貌は貌のままだ。

——誰でもいつかは死にますからね。

ただそれだけの花々の微笑だ。或いは祈りだ。たった一度きりの今日を現在形のまま保持する為めに、——果して錯誤とは生存の換言ではなかったか——わたしはペンを走らせ、空洞を満たすインクが血であると誤る。

三月

わたしは深夜の寝室で踊る
戦後でも戦前でもなくひたすらの事後である肉体
を瞬間の自由に放り出す

――おれを独りにしてくれ　その為めに
――おれを輪に加えてくれ
――おまえを　おまえたちを　抱きしめさせてくれ

長く生きる者がのさばるこの国で
踊りは祈り
暴発する欲望《われわれ》だ
閉ざした遮光カーテンのむこう
いま街区はしずか

春の眩暈に足をとられたなら
せめておのれの温度を護れ
地面に寝転び底抜けであれ
無人のなかに人の在ることを
風吹き抜ける不条理を
ゆめゆめ忘れるな
誰か《かれ》の奪われたあしたがやがて来る

四月

聳えて黙する鉄骨鉄筋コンクリート
その清潔な暴力をあばく闘争の為めに
無縁と縁むすぶ逃走に賭ける
破れた地図にある水脈をたどれば
いまは途絶えた流れも視えるだろうか
そこへ吹く風の音に
われわれのうたも聴こえるだろうか
メッキにまみれた夢は黄色の結晶となり
匿されてむしろ鮮烈な「立入禁止」
アスファルトに滲出し
生のほうへ逝きながら
汚染物質《われわれ》は誰の地盤も補強しない

——おのが私小説《かれら》を燃やせ

鳥たちも墜ちる錯覚の地平だ
気流こそわが動力　移動こそわが故郷
わたしは黒色の風船で首括って飛ぶ
真昼の路上に萌え立つ夢めがけ
落下してゆく孤独を信じて

小松川叙景

目次

本書は、以下の各紙誌に掲載されたものに書き下ろしを加えて
再編集したものである。

『アナキズム』第三号（二〇二〇年六月）より第十四号（二〇二一年五月）、および
『LEIDEN 雷電』第十号（二〇一六年十一月）所収「小松川叙景」
『風の森』第二次第九号（二〇二〇年十二月）所収「HOMEBODY」

写真はすべて著者による。

小林坩堝

Kanka KOBAYASHI

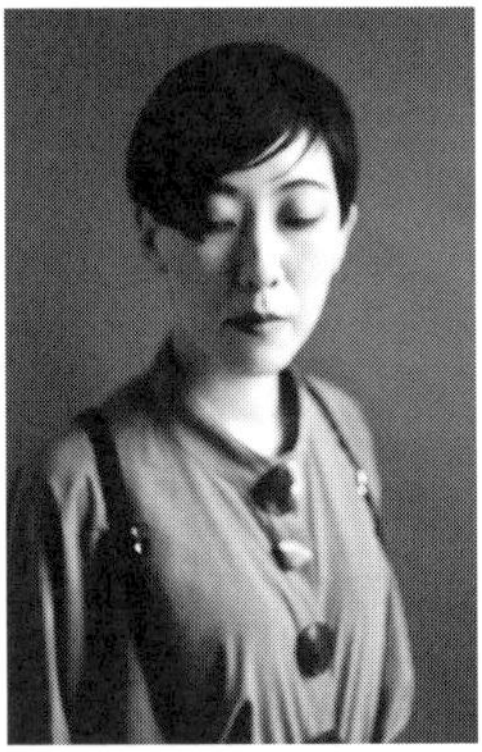

一九九〇年生まれ。詩作者。詩集『でらしね』(思潮社、二〇一三)のほか、小詩集に『風船』(企画カニエ・ナハ、二〇一五)、『エンド・ロール』(archaeopteryx、二〇一七)がある。

小松川叙景

二〇二一年十一月二十日初版第一刷印刷
二〇二一年十一月三十日初版第一刷発行

著者 ◉ 小林《こばやし》坩堝《かんか》
発行者 ◉ 下平尾直
発行所 ◉ 株式会社 共和国 editorial republica co., ltd.
東京都東久留米市本町三-九-一-五〇三 郵便番号二〇三-〇〇五三
電話・ファクシミリ 〇四二-四二〇-九九九七 郵便振替 〇〇一二〇-八-三六〇一九六
http://www.ed-republica.com

印刷 ◉ モリモト印刷
ブックデザイン ◉ 宗利淳一

本書の内容およびデザイン等へのご意見やご感想は、左記のメールアドレスまでお願いいたします。

naovalis@gmail.com

ISBN978-4-907986-82-7 C0092